风从长安来

FENG CONG CHANG AN LAI

米正英／著

长江出版传媒

长江文艺出版社

米正英

笔名蓝莲花。"70后",文学硕士。江苏省作家协会会员。作品散见《星星》《诗潮》《诗选刊》《扬子江诗刊》《延河》《中国诗歌》等刊,入选多种选本。出版诗集《水意江南》《我的忧郁显得不够蓝色》等,散文合集《九色花》。2016年开始学习绘画,作品多次入选省、市级美术作品展,并多次获得市、县级美术作品奖。

序

江南侠客

　　这是正英出版的第三本书了，而且这本是诗画集。这样的成果有点出乎我的意料。几年前，正英喜欢上了绘画，我随口说了一句，到时候出一本诗画集。没想到现在即将付梓，实属不易。细细想来，正英这些年在诗书画上付出辛勤努力与汗水，这样的成绩是自然而然、水到渠成的。一般喜欢艺术的人，能在某一个方面有所成就不容易了。正英写诗的同时，又在绘画上投入了极大的精力，而且都能有所成就，真是难能可贵。

　　正英的作品坚持了正确的文艺创作方向。刘勰在《文心雕龙》中说："文章为德也大矣，与天地并生者。"毛主席在《延安文艺座谈会上的讲话》中说："为什么人的问题，是一个根本的问题，原则的问题"；"我们的文艺应当为千千万万劳动人民服务"。他们都强调了文艺创作的道德要求、立场问题与服务对象的重要性。正英的作品充满了对生活的热爱，对人生的思考，对大自然的赞美，对中国历

001

史文化的继承。无论诗歌作品还是绘画作品，都充满了真挚的感情，明亮的色彩，高雅的意境，积极健康的价值取向。其作品在表达自己思想感情和审美追求的过程中，感染感化读者，同时也展示自我、提升自我。她的作品中，没有消沉的情绪，没有负面的价值，通篇文字洁净优美，不带一个脏字。

正英的画就是无字的诗。正英的画有意境有灵气，充满着诗意。她学画时间不长，但进步很快，这是老师和画友们对她的评价，也是我的感觉。因为正英几乎把画好的每一幅画都拿给我看，问我画得好不好。我说我不懂画，但我说好看。正英的画，特别是山水画，很有意境，充满诗意，这与她的古典诗词根基是分不开的。正英的画充盈着自己的思想，山水画表达了她对自然山水的热爱，表达了寄情山水、安静生活的高雅意趣，对艺术的无限向往与追求；写生作品明亮动人，把句容美丽清秀的山水风光凝练笔端，成为永恒的风景，是人与自然的双向奔赴、相互成就；花鸟画则表达了正英对生活的自由浪漫追求与浓烈的热爱，那泼墨鲜艳的牡丹，那天真可爱的小鸟儿，非常传神、充满情趣。绘画不能为画而画、简单模仿、不知所画、内涵空洞。

正英的诗就是有形的画、动听的歌、深刻的理。正英的诗歌作品画面感、色彩感很强，比如《没有父亲的田野一片空旷》，视觉冲击带来心灵上的冲击，读之令人落泪。

还如《水意江南》《香山黄昏》《赤山湖》《龙山湖》《故乡，像一本忧伤的诗集》等，笔下北方的家乡、句容与江南的山水风光，读来让人身临其境、如在画中。正英的诗是真正的诗歌，有很强的节奏感。讲究韵律、隽永凝练，读来荡气回肠、久久难忘，很多朗诵爱好者都喜欢在活动上朗诵正英的诗。诗歌诗歌，不能只有诗没有歌，所以我一直坚持认为当代最好的诗歌是那些久久传唱的歌曲的歌词。正英的很多诗稍加改动就可以谱曲传唱。正英的诗是她内心生活的真实写照，是体察世情冷暖、洞悉人性幽微的真知灼见，是她对人生人性深入的思考与启示，内涵深厚，充满着使命与责任、充满着深沉的感情与爱，有很强的艺术感染力，她是真正的诗人。她的作品，诗中有画，画中有诗，诗画融合，这是很高的艺术创作境界。

正英的作品是汗水与才华的结晶。正英对诗歌的热爱是超常的，她从中学开始一直坚持写作。正英学画已近8年，这8年我亲眼见证了正英对绘画的热爱与努力，无论寒来暑往，无论假日双休，她都抽出时间去画室练笔。正英从农村走向城市，饱尝了农村生活的艰难困苦，汲取了农村的纯朴善良、坚韧厚重，也受到了现代城市生活的滋养。正英特别喜欢读书，对古今中外的经典名著，诗歌、散文、小说、历史、文化、哲学、美学等都有涉猎。正英善于学习，向老师学习，向书中的古人学习。她购买了古今中外的绘画书籍，订阅各种绘画期刊，并且在网络上读画，为此儿子还专门为她买了大显示屏电脑。她学画充满热情与兴趣，那么自觉、那么全身心地投入，而且坚持不懈、愈学愈爱，这种痴迷与投入精神是十分罕见的。正英的绘画进步很快，很多人在我面前夸她，只有我知道她的进步是怎么得来的，没有持续付出的努力与激情，没有深厚的积淀与底蕴，哪来无缘无故的成绩呢！这也让我深刻地认识到，一个人的不懈追求会产生令人想象不到的奇迹。

人创造艺术，艺术成就人。正英的艺术追求在感染他人的同时，也改变着自己。愿她在艺术追求的道路上永远充满青春活力，永远充满激情梦想，永远快乐年轻！

这个序其实不应称其为序。作为家人，作为第一读者，作为她艺术成长道路上的所见所闻者，有感而发，是为序，以示支持！

2024 年 9 月 30 日

目　录

第一辑　回望故乡

第二辑　水意江南

第三辑 时间之伤

第四辑　雕刻孤独

第一辑

回望故乡

回望故乡

总是这样
回首北望
尘烟笼罩村庄

语词燃烧成灰烬
指骨上挺立的蝴蝶
被风吹落

月光打散桃花
一帘幽梦
照在千里之外

长安以北
砌满汉唐风霜
何处才是我故乡

雨落长安

你说长安下雨了
雨水顺着盛唐的屋檐
挂下来是星星
在我心幕上如草疯长
那沉睡已久的音符
也被它从漂泊异乡的伤感里
顷刻弹响

如果雨停之后
你来到长安街
看到一轮彩虹高挂
发现渭河水陡涨
请你不要匆忙
我也不会匆忙
即使深藏整条河的忧伤
我的眼泪
也要一颗一颗落下来
落满长安
落在故乡的土地上

风从长安来

火红的七月
你成为巨浪的中心
动情的漂泊者
月光下
谁牵起一条闪亮的丝绸
谁在松开时间的缰绳，奔跑

风从长安来
它波光潋滟正向南方聚拢
风声响起
谛听一种隔世的琴音
在盛唐的气息里
那些看不见的绝唱
难以抓握的梦幻
再度深刻显现

风从长安来
来自上古的奇风
吹进我的胸膛

也把我的感觉拉回遗忘的故乡

在恍惚的江南

我一再仔细辨认回归的路

是如此漫长如此苍茫

我愿意把这人生仅有的一次

旷世孤独交还给你

写回长安

我在江南写长安

像在故乡梦想回到唐朝

追寻十几年前梦想

曾一路打拼来到长安

十几年后漂泊在外想念故乡

就以每小时 980 公里的高速

穿越星星和风，写回长安

写回长安就会写到故乡

写到故乡就会写到你

写到你，那只爱情的青鸟

就会扑通落进我的诗行

它翠绿的羽毛轻轻滑过

八百里秦川

让古旧的秦砖汉瓦

长出青苔

这一年

这一年，我依旧漂泊在外

忍受着南方的阴湿与溽热

忍受着夜夜翻腾的乡愁与关节痛

在江南的灯下，我满含热泪

写到长安，写到故乡

写到在朱雀大街与李白擦肩而过

写到在离骚江畔与屈原不期而遇

写到通往故乡的小路漫长而迂回

写到母亲深居老屋灯火暗淡，彻夜难眠

写到父亲的墓地，被一场大雪覆盖

写到这一生日暮乡关，不知身在何处

写到命运像是一条绳索

总是被时光紧紧攥住，又渐渐松开

写给父亲

每当清明到来
我的心就会被雪覆盖
我感到冷，彻骨地冷
父亲，三年了
我是多么执拗
在春天的季节里
总是走不到阳光下
父亲，你要原谅
我体内深存的积雪
需要慢慢融化

父亲，自从你离世后
我已经习惯了沉默
习惯了想你的时候
独自把泪水偷偷咽下
习惯了晚上做长长的梦
梦见故乡的小村庄
寂静的垴畔上总是站着一个人
那一定是你，痴痴等我归来

为我接住一身江南风尘

唤我乳名，说笑着问询着

这人间的幸福，多么短暂

父亲，如今你永远睡在那座山坡上

一低头，那些苜蓿草、柠条花

就让我认出了你

饱含一双凝望的眼

默默注视着尘世的我

永远不再说话，不再笑声朗朗

只有满坡的青草

陪你低低地生长

没有父亲的田野一片空旷

深秋

回到故乡

院子里的喇叭花

肆意开放，簇拥着

孤单而年老体弱的母亲

满树的红枣

已经熟透

无人采收

没有父亲的田野

一片空旷

秋天，我站在故乡的田野上

秋天，我站在故乡的田野上

糜谷金黄，乡亲们挥镰收割的身影

来回晃动，仿佛在高原上舞蹈

一个村庄，在我眼前变得沸腾火热

天空湛蓝，让人心碎

一串串打碗碗花迎风怒放

无定河穿越毛乌素沙漠

迤逦而行，像一条细线

携带着故乡卑微的泥土

流向远方

故乡，像一本忧伤的诗集

秋叶飒飒，起风了
你站在季节的中央
目送我远去，你身后的村庄
蓄满了谷物和泪水，还有井边柳
园中葵，霞光褪尽的云朵
随风摆动，不肯逝去
故乡，在我一步一回眸中
像一本忧伤的诗集
打开又合上
合上又打开

我的心是一片雪花

电话里
母亲说，下雪了

整个冬天
我的心是一片雪花
飞起又落下
匍匐在故乡的土地上

忧伤

如果你爱我

就请为我升起炊烟袅袅

我有一颗玻璃的心

刻有深深的凹痕

久经漂泊

脆弱易伤

如果忍不住哭了

那是因为

我嗅到了故乡的味道

如果你爱我

就请允许我

在这个失眠的夜晚

躺在你怀里

忧伤

从体内生长

高过家乡庭院的牵牛花

年迈的母亲

她两鬓斑白

推开门

一看到我

就会喜笑颜开

母亲之诗

你打捞我
打捞一粒种子
装进你命运的谷仓
又将我小心翼翼地种进泥土
给我施肥、浇水
我曾经贪婪地吸食你的
阳光、雨露、鲜花一样的乳汁
而你像熬尽油灯一样熬尽自己
如今只剩下干瘪的身躯
枯草一样的白发，风轻轻一吹
你就摇摇欲坠，母亲，
我多么想一直牵挂在
你的藤蔓上，不长大，也不成熟
我真害怕
瓜一熟
蒂就落了

种豆记

母亲去世后，我不再打电话
也不再对任何人诉说我的悲喜
而是抽出更多时间侍弄门前那片菜地
菜地不大，足够我接地气
将内心的红豆种植在阳光下
一字排开，成为生活的字词句
将它们打磨成一首诗
一首悲伤的歌

母亲去世后，我也很少应酬
只顾种豆，种那些顺着竹竿往上疯长的红豆
仿佛要长到云里长到天上去
可我不管，只要一有空就往菜园跑
给红豆浇水施肥搭架子，经常坐在菜畦边
倾听红豆拔节的声音、开花的声音
风吹菜叶的声音、小鸟鸣叫的声音
唯独再也听不见母亲在耳边的絮叨
去年秋天母亲为我采摘的数十颗红豆
已经复活，而我的母亲却永远长眠

红豆，红豆，我就是要把你长久地种下去

种植在大地上，成为不朽的生物

山情
壬寅暮秋
云英画

我想再为你发一次高烧

远离了那座山，远离了那河水

远离了父母亲的墓地

故乡，在我的心海开始漂摇

像一只小船越漂越远

故乡，我真想喊住你，喊回我的童年

喊到五岁那年突发肺炎

高烧 40℃，昏迷不醒

伏在父亲宽厚的背上夜行 20 里

住进医院

我真想一睁开眼，就看到父母双亲

守在身边

故乡，我真想再为你发一次高烧

躺在你温暖厚实的黄土地

长病不起

回家

我要回家

这句话一说出口

我就泪流满面

家

是含在我舌尖上

一个最痛的词

多少次梦着醒着

我回到家,家里空空

一把铁锁在风中悬挂

哐当哐当地响

沿着门前小径我来到西阳洼

一座黄色土丘在我面前高高矗立

爸爸妈妈,即使我们不说话

这青山,这绿水,这满地的芨芨草

都在替我们,含泪诉说

一条河

一条河，从我家门前流过
在我的生命中，彻夜喧响……

一条河，已经干涸
河岸边，埋葬着我的父亲和母亲
他们与河流一起沉入静默
只有岁月的风沙轻轻吹过……

一条河，我写了很久，改了很久
它依旧在我的心里嘤嘤啼哭……

雪野

白雪如练
覆盖了故乡的原野
只露出树木、沟壑、柴草垛
忽然想起
在它的小河边
我听过泉水的叮咚

穿过这条小河这道山梁
就是我的家，我的父亲母亲的墓地
那里寄存着我一生的欢乐和疼痛
父母已逝，家乡风物恍若隔世

等到大雪再次漫起
我会从这片树林中经过
还会有很多次吧
我将从故乡曲曲弯弯的小路上经过

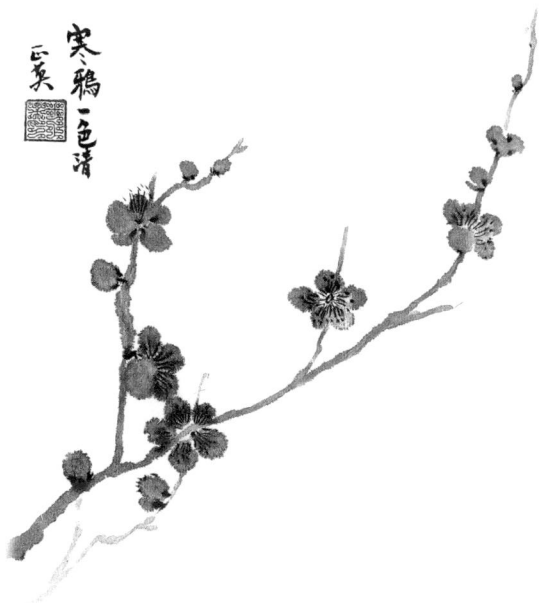

寒鴉一色清
正英 [印]

夏夜

那时候星光满天

我们一家人坐在院子里

纳凉、吃果子、说闲话

爸爸摇着蒲扇

哥哥拍打蚊子

妈妈摊开绣箩缝制衣裳

我和姐姐最是调皮

把妈妈新做的花布衬衣

偷偷穿在身上

那时候的夜晚啊

干净又清新

我们头顶的月亮

就是黄大梁村

一盏最明亮的灯

我曾有过一段快乐无忧的时光

我曾有过一段快乐无忧的时光

在西北明亮的黄土高坡

充当一位临时的看瓜女郎

整个盛夏，西瓜秧轻轻拂过空气

大片果实从绿色藤蔓坠落

乡村的馨香气息令人沉醉

我头枕着大地，手捧着书卷

梦想和天空一样高远

我的心灵朝向大自然

闪耀

仿佛阳光透过了水晶

第二辑

水意江南

高山流水

壬寅暮春
己矣畫

蓝湖

请原谅，我不能说出内心的感受
我是在爱着，还是被爱着
这一刻，群山翠色环绕
那清澈与苍茫，渺无涯际
将我的视线拉远，再拉远
我的目光就要触碰到那蓝了
那天空的波浪，在我心头荡漾
可我却不敢靠近，不敢直视
这近在咫尺的美妙和幸福

人之一生要历经多少修炼
才能抓握，才能抵达
这爱，这美，这艺术的高地
感谢上帝和万物的赐予
将我的内心清洗得一尘不染
我只有虔诚跪地
将这一片玉质润泽的蓝湖
高高举起，举到更高更远更深处
才能让心灵彻底安静

你暖暖地近了又远了

秋雨洗过树叶嘹亮
你此时正奔赴在来时的路上
哒哒的马蹄声穿越牛古柳和乌衣巷
路边的红枫也止不住踮脚眺望
我站立的地方就是你正前往的远方
那些等待的黄手帕已经挂满了沿街的窗

秋风吹过你来到我身旁
园中开满鲜花
我们重新拥有了芬芳
还有那么多快乐的写诗时光
这样的时刻
你的名字会在我梦中轻盈流淌

你说梦里可以允许爱情疯长
它在大地之上凌驾于一切过往
而在持续的年华中
有谁知道一朵花的内部
那隐忍着泪水的波光

会让整个世界也充满悲伤

日影飞逝　茶水冰凉
那匹白马把你送回了故乡
雨过天晴　鸟鸣虫唱
你在归途中向我描绘江南风光
还有那暖意盈怀的太阳
可是亲爱的
我却止不住热泪盈眶
即使水漫金山
白蛇许仙依然会被世俗困在
古老民间的陌上

一如你暖暖地近了又远了

水意江南

在江南

空气湿漉漉的

雨一下就是一季

是法海水漫金山的雨水

流淌到了今天

六朝古都的烟水

轻雾弥漫，云朵低垂

雨打芭蕉的夜晚

思乡的梦

总是歪歪仄仄

瘦成扬州桥头的一弯冷月

我突然想起

在北方

一年四季

风高云淡

天空蓝格盈盈的

味道清冽甘甜

江南，种不出相思的红豆

曾经我爱抚不尽江南的美景

你打马而来的哒哒声

成了我望眼欲穿的传说

我洗尽铅华

就是那个青衣飘飘的浣纱女子

因为拥有了你

而拥有了整个越国

可是，爱人啊

这一切只是生命的幻象

林花谢了春红，太匆匆

弦断

不复弹响

高山流水的心音

自从你走后

大片大片的江南

变得空旷和寂寥

鱼米之乡，沃野千里

种不出一颗
相思的红豆

我坐在春天的台阶上等你

我坐在春天的台阶上等你
等你带来我的春天和对春天的思量
等你唤醒我的孤独和对孤独的低唱

我沉浸于江南这本漫漫长书

冬夜清冷

我沉浸于江南

这本漫漫长书中

字里行间，寻找你的踪迹

你走过的得撒石磨豆腐村

画过的小桥流水

在米芾公园，虔诚仰望

我浓墨重彩的部分

越来越淡

越来越远

大风吹起时光的涟漪

那里隐藏着，我的倒影

我在歙县高墙外，觅得一方松烟

在西递宏村，勾出一幅山水清韵

在平江路，录制一段苏州评弹

庚子年最阴霾的一天

我来到安吉市

登上能见度只有五米的江南天池

望穿灰蒙蒙的光线

寻找心底

那一片透亮的

蓝

午后

正午的阳光透过窗户

照耀着君子兰和长寿花

它们正在孕育着花宝宝

公公在另一个房间看电视

电视里传来咿咿呀呀的秦腔

婆婆在阳台上跳健美操

书房里儿子安静地写作业

整个房间明亮而温馨

我坐在电脑前，手边的咖啡冒着热气

突然很冲动地开始敲击键盘

我想写一封长长的信

寄给远方的你

桃花

去桃园看花，千万亩桃花
我只是其中的一朵
你来，我就会露出微笑

桃花不随水流去
写下你，我已将你
留在笔底

樱花落

那时，我正迎着曙光

漫步在铺满樱花碎石的小径

一只白鸟扇动翅膀，发出咕咕的叫声

等我抬起头，它已消失在樱花树

梦幻的边缘。这个世界上

仍然有美好的事物出现

空气中充满微妙的感觉

来自下一个无法预知的瞬间

盛开，然后凋谢

快乐的短暂的时刻消失之后

生命驶入另一条轨道

活着，是否要活很长时间

我蹲下身，触摸樱花粉嫩的躯体

感知它扑向泥土时最后的

颤抖

感悟

在长久的缺失与虚空里
我幽然独坐静观一处风景
一对小鸟在并不高大的槐树间
筑巢，它们欢呼雀跃，飞上飞下
偶尔也会顶着寒风穿越云霄
衔来树枝、枯草还有一些羽毛
精心垒砌比拳头略大的鸟巢
整日叽叽喳喳，讨论不休
筑巢守巢，即便守着一个空巢
它们也乐此不疲，仿佛这就是
生活本身或者生命的全部意义
而很多时候，我们活着
不如鸟儿简单快乐，我们常常
坐拥群山却想攀到更高的山头

我想在小草面前矮下去

山顶上，碎石凌乱

一株株小草奋力从石缝中探出手臂

山坡下，别墅建筑区如火如荼

一群民工蹲在钢筋、水泥堆中，午餐

酷暑难当，他们不停地举起污渍的衣袖擦汗

也许用不了多久，楼群就会长到山顶

而在山脚，一条河依旧静静流淌

突然，我想在这些小草面前

矮下去，矮下去，在它们消失之前

把它们举得高一点，再高一点

九月，像一段梦境

如果可以，请给我一个月的自由

九月，万物成熟，石榴正红

给予我一段石榴石般幸福的旅程

允许我在一个安静的旅馆住下

不再张罗柴米油盐酱醋茶

坐在闲适的沙发上，轻松得像一片羽毛

慢慢品味一支烟，袅袅中

想起一些人，忘记一些事

允许我拔掉电话，关闭网络

享受古人孤灯只影的清雅日子

一个人看书，一个人品茗

一个人写诗，一个人作画

一个人醉酒，一个人失眠

一个人，醉，生，梦，死

这样的生活，仿佛一段梦境

仿佛古典诗词中散佚的一页

梦中，我从我的墓前经过

这是一片向阳的山坡

寂静忧伤，满地的向日葵迎风绽放

围拢在墓园四周，天空蓝得使人心碎

我不知从哪儿来，驻足于我的墓前

扶住青灰色墓碑，对前世的我

似有千言万语，却又说不出一句话

生命终归是一抔土一片流水

我们还能说什么呢？生前你遗世独立

钟情于诗歌与爱情，在某种程度上

正是它们，让你疯狂，让你着迷

让你体验到生活与生命的极致

如今时光将你消耗，灵魂已经出逃

死亡是一种生命的超越与升华

我比你更寂静更自由也更孤独

孤独的月亮拥有了我，谁又能将我抛弃

我跪伏在墓前，为前世烧一挂纸钱

很快夜幕遮蔽了路径，星星发出寒光

我从我的墓前经过，仿佛一首古曲

飘逸地滑行，在琴键上
留下被忘记又被重新记起的诗句

秘密旅行

如果神灵眷顾我

就会赐予我一次秘密的旅行

我徒步，不搭乘任何交通工具

信马由缰，想走就走

不曾寻找爱，也没有遇见谁

想停就停在靠海的地方

在旅馆昏暗的灯光下

我打开一本书，与古人交谈、争吵

对弈、品茗、推杯换盏

后来我醉了，你沉入我梦中，写下一首诗

许多星星涌来，震荡着空气

未来把它神圣的光影投在我心上

我在离大海不远的地方

从窗户望出去，没有一片绿色
高低错落的楼群上空满目荒芜
但我知道，走出这座小城左拐
就有一片大海永不停息地荡漾
那是存在于我血液中的古老的海
注定在这个秋天与我相遇
命运的遭际给了我模糊的今天
在这里，我的影子像一缕青烟
将消失在同样模糊的影子里
是谁为我们设计了漫长的迷宫
联系我们的不是爱而是囿限
在这小小的居室，我无法看到你
却强烈地感受到你的澎湃
你在我的灵魂里，是永恒的指向
滞留在城区的边缘地带
我看到最后的阳光成为金黄

因为懂得而深怀爱

我看到那山那水那蓝格莹莹的天空
天地旷远，你一跳三尺高
像鸟儿一样做飞翔状
你说，西北是养男人的地方
那个蛮长草的地方，给你一片天空
你把飞翔这个动词不断强化
闪出光芒，发出灵魂的惊叹
到了西北，你就浪在西北
即使丢掉自己，也无须寻找
在那个辽阔至极的草原上
你与山水自然奇迹相遇
因为懂得而深怀爱
你削来几片冰冰的月亮，放在诗句里
"以人的形式，我们这辈子相遇
而来世，或以山或以水
相约相遇，不论何般，我们
将发出光，为对方照亮"
现在你成为真正的西北汉子
沧桑、粗犷，眼眸深邃

满眼都是瞿麦、绿绒蒿、大火草

胡杨树、橐吾山、甘南河……

香山黄昏

夕阳倒挂，黄昏中的香山

幽静、肃穆、神秘

散发出秋天的味道

西施已去，香气犹存

袅袅腾腾，浮现在香山上空

携一缕香气下山

恍然当年西施

挽着吴王手臂

施施然，从香山走过

深夜无眠

夜深难眠，披衣起床，开灯开网
一个女诗人还在微博看书、读诗
"我的人生只剩下很少的一部分，
如果你稍不注意，我们就会失败于
仅有的一次相遇。"
看到这里，心已慵倦
立冬过后，众草低伏
西北风吹来，呼呼地响
我只想躲进你的温柔乡
让时间从别处经过

茅山

你接受我的倾诉，我的迷途之水
给我夜，给我床榻之眠
那么高那么蓝的山峰，擎起
光焰，为我铺设
洁净的道路，每个早晨
都有清泉涌起波涛，军号
响彻云霄，每个夜晚
都有葛仙推窗而来，配置丹药
九霄万福宫，道乐飘飘
这愈演愈烈的辽阔、斑斓
修正我的未来，并将我
彻底带走，耗尽我
终身的眷恋

赤山湖

沿着赤山湖一直往里走
我看到了参差荇菜
亭台轩榭，长廊回旋
时光慢悠悠照在赤山湖畔
牛羊在山坡上吃草
白鹭栖息在牛背上
男人在湖边荷锄耘田
女人着白衣如莲花盛开
远望断桥，犹似梦境
郎骑竹马，踏浪而来
他深蓝色的眼眸
仿佛赤山湖水荡漾

湖畔人家

在天隆神怡

天空灌满鸟影

脆音在湖边盘旋

我们漫步，嬉戏

在木椅上摆 pose

或登上拱桥极目远眺

青山如黛，暮色苍茫

清冽的空气将俗念

反复掏空

我们俨然如神灵

行走在大地上

它们都是光芒

它们像蝴蝶纷飞

扑向大地，有的夹在树上

与树枝一起摇曳，有的落入水塘

在水面上开出暗花，有的落在我面前

我一边用目光抚慰它的衰老

一边挥动扫帚顺手将它清扫

落叶将去哪里？我不知道

它们不停地落下来

我不停地扫，扫，扫

因了这些手势这些惯性

将闪闪发光的叶片

扫进时间的黑洞

在一棵草下面

已经是深冬了
在一棵草下面
它还蜷曲着身体
将一片叶子紧紧缠绕
白色的小花朵奋力舒展着
迎风高举，它是否在等待
远去的蝴蝶，贪玩的蝴蝶
早早归来

伴随

这个冬天太忙

我很少去侍弄菜地

今天推开门一看

院子里的菠菜、青菜、大蒜、水萝卜……

绿油油的，长得特别茂盛

这些可爱的小生命

即使我不来赞美，它们也挨挨挤挤

伴随着我

踏青

春日渐深

天气回暖

我去乡下踏青

沿着河边漫步

一只小鸟鸣叫着

在我面前跳跃

蓝花地丁在草丛中格外耀眼

迎春花将手臂举得高高

在河沿上奋力摇曳

生怕我看不见

春天的消息

当我从梦中醒来
天色已经大亮
推开窗，一面海
铺展在我眼前

曾经我渴望来到海边
成为海里的一尾鱼
或者一块光洁的石头
沉入海底

记得那年春天你发来信息
赞叹，维多利亚海湾好蓝好蓝
你说有生之年，一定要带我去看海

时隔多年，我一个人面窗临海
多么希望你能在我身边
哪怕片刻也好

春天越走越近

春天来了

被雨水唤醒

隐没在唐诗深处的青鸟

沾着墨香的羽翅

扑扇着在纸上堆砌思念的字句

从你的手中一排排放飞

这个夜晚

恬淡　静谧

桨声灯影里的秦淮河

水草丰盈

雨点落在田里

甜蜜浸入花里

有时候

一个人的幸福

就是另一个人的惦记

一种简单的温暖和关注

美好的春天就可以

越走越近

快乐的脚步　就可以

轻轻地　飞起来

暴雨来临

暴雨砸响乐器

全世界叮叮当当

我关闭窗户

装作没有听见

低下头写诗

所有雨滴

都是跃动的鱼

从我的诗行中游过

雨后

大雨过后
院子里蔬菜疯长
有的已经结荚挂果
鲜绿明亮
我就环绕在近旁
锄草整枝搭架子
大多时候，什么也没干
看着它们就很欢喜
盛夏的阳光直射下来
一切都是那么美好
万物生长，现世安稳
而我正从中慢悠悠经过

在青山湖

到了青山湖
我不是一脚踩在地上
而是一步就登上了船舷
凭栏远眺，湖风习习
涤去我们满身的尘埃
船在树中穿行，鸟在林间啼鸣
累了，就在湖边小憩，荡秋千
假扮农夫，或者干脆做个稻草人
与青山湖永远相偎相依

在青山湖，月亮弯弯的
像爱人的那一道细眉
羞答答地隐在西天一角
让人可望而不可即
青山湖，你已将我揽在怀里
而我依然觉得你还在梦里

芝樱，芝樱

这是第二次
我来到芝樱小镇
怀着崇敬爱慕的心
来看你，看你如何
将一面荒坡点亮
点成紫色、粉色和 love

你爱吗？爱
你不仅爱这片荒坡
还爱人类，爱世界
不然你为何拼尽全力
将每一个叶尖点燃
点燃成爱的火焰

多少人去了又来
在这里寻找爱
爱的源泉
爱的浪漫
爱的慰藉

爱的邂逅

是的，在这里
我遇到了你
遇到了爱
我将你轻轻揽在怀里
亲吻你
亲吻整个春天

桑椹，桑椹

我实在不愿将手伸向你
这红得发紫又发黑的小尤物
浑身箍紧的甜蜜与香气
让我垂涎欲滴，欲罢不能
这黑色之果，紫色之吻
缀在树叶中，印在嘴唇上
像一个个思乡的梦
让我看到故乡的小山坡
那一棵陪伴我成长的桑树
喂饱我童年的饥饿之果
它不仅甜蜜，而且温暖
高于嘴唇而置于云朵之上

昙花

就在音乐响起的这一秒
我看到昙花盛开了
像一个幽蓝色的梦
对着我微微笑
仿佛我和你隔着
屏幕与屏幕的距离
脆薄、透明
这样，我可以说
钥匙啊，紧握我手里
隐匿的星星送来了风
这个夜晚，你如
云朵般降临，盛开
彻彻底底

醉秋

醉酒而醒
疑是被窗外桂花熏醒的
一秋盛事桂花香呀
诗友倪博士说
桂花香能解酒
于这秋风朗月中
躺在桂树下
桂花纷纷飞且落
一朵一朵轻轻拍下来
拍在脸颊上，清凉入骨
将我从醉酒中拍醒
像拍醒一个酣睡的婴儿

醉在千华古村

秋叶装饰着树梢

在古村璀璨的灯光下，一片金黄

而我醉眼蒙眬，徜徉在醉巷

诗友相聚，杯盏明亮

我又如何能抗拒这千年陈酿

龙藏浦，可否容我一席之地

让我沉醉在心灵的杨柳泉

留下一段美妙的传说

沿着乾隆步辇的小路拾级而上

路旁的幽溪谷顺流直下

每一分每一秒都与我迎面相撞

仿佛赐予我一种神秘的快乐

一丛丛野花垂挂，让万物欢欣

我愿为这美的气息敞开心扉

在狂热狂放的醉梦中

写诗作画

那些富有情调的街巷、店铺

静静地依傍着芬芳的花园

闪耀的微风轻拂沿街的铃铛

像艺人的手指轻拂神圣的琴弦

为千华古村弹奏出全新的诗篇

我坐在沉醉的秋风里

我坐在你面前

看你

看一幅青山绿水

内心充满清澈

安静与美好

我坐在你面前

坐在沉醉的秋风里

秋阳在我头顶洒下片片金辉

一切是那么美，那么惬意

我的心里盛满了雪

仿佛从不曾如此圣洁

遇见

我们遇见的时候

山坡上开出大片桃花

我轻轻经过你身旁

你用漫不经心的画笔

一次次将画面的颜色加深

深色的岁月

在身后追随着我

点点滴滴

像一片片桃花瓣

在龙山湖

站在龙山湖边

别墅群楼很快离我远去

只有碧蓝的湖水在我眼前荡漾

只有高大的植株依偎在湖岸边

深冬的天气细雨迷蒙

龙山湖上空没有一只飞鸟

甚至没有一丝儿微风吹过

一切都是那么恬淡安适

一切都是自由自在

人与大自然的沟通与交流

其实不需要更多言语

只要心有灵犀就可电光石火

龙山湖，也许你不属于我

但是你已经占据了我整个心灵

今天我站在你面前

亲近你而臣服于你

我感到那些庞大的已无限缩小了

那些沉重的也被我轻轻放下了

江南采莲曲

"江南可采莲,莲叶何田田,鱼戏莲叶间。鱼戏莲叶东,鱼戏莲叶西,鱼戏莲叶南,鱼戏莲叶北。"

——汉乐府《江南采莲曲》

1

长湖浅陂,莲蓬新熟
汉时的水域,情缘如舟
你我趋同而相依
奏响相遇的序曲

那凌波而来的青衫秀士定然是你
摇一尾远古的光芒
曳一路大海潮汐
伴随汉乐府的节拍轻轻游来

时值六月,莲花盛开,我却独守一湖孤寂
湖水碧翠,烟雨如纱
我不知该推动哪一波秀水

才能拓开你的视域

鱼，你若走进我的世界，还有什么光芒
比我执着的等待更为明亮

2

你把沉香的词阕
放在湖水深处消融
有多少古今沧桑的忧郁
在这浩渺里荡开涟漪

过尽千帆

谁肯为我抚琴一曲

谁肯为我月夜吹箫

是你，琴声幽咽和着心动

你吞吐了沧海安宁的魂魄

弥散在江南水色里

会同灿烂的阳光

在风中歌唱

鱼，我们的爱情在一首歌中结束

在另一首歌中开始

3

你就这样在我的视野里遍布
遭遇一场无法抗拒的优美邂逅
藕花深处情郎来
莲衣披风两无猜

你儒雅俊逸的身影多少次出现
我墨香浓郁的绿伞
依旧在妍放的日子里
安享一种高贵

文字之美，可以植入血肉
而你才情盖世，却可植入灵魂
就着江南之水和闪烁的时光
侠骨柔肠，剑指直抵花心

鱼，我们的一生融入碧蓝的湖水
在一首诗里紧紧相依

4

如果你是河洲的才子
我就是绿水中的伊人
如果你是唐诗里的古风
我就是宋词中的小令

这翠绿清澈的世界
我多想驶入你温柔的港湾
痴语倾诉前世的寥落
承载今生未尽的风雨

可惜，我只有一些文字
一些演绎的符号
试探描摹你迷离的幻梦
用我的念想记取细节

鱼，谁可以做到一个夏季泥土里低唱的欢愉
又有谁，能够倾听一朵莲花深陷囹圄的悄语

5

盛夏时节，大把阳光从指间渗漏
与未及阻隔的湖水永久汇合
莲动渔舟，轻歌曼舞
我绽开甜蜜的花蕾，为你倾尽所有

美妙的瞬间，是燃烧的火焰
点燃红罗裳、碧绫裙的忧伤
幸福犹如一把青铜剑
在我们的灵魂深处刻下印痕

我相信你就是那个书生
亲手把自己作为玉环佩戴我的胸前
无论将来发生什么，都不舍
折断你的向往，摘下我的生命

鱼，请给我一次永生永世的自由
让一枝莲独享一只鱼

6

我们的相遇充满离奇
你披星戴月降临这片水域
久违的莲香四溢开来
生命，在润泽的心田里滋长

无限明媚的此生
褪去庄严凝重的古色
以轻盈的绽放和优雅的枯萎
焕发出圣洁而灵动的美

隔世而来的风洞开封闭已久的门
心与心，相撞于一种辽远无边的痛
不可遏制的泪水化作高蹈的火焰
点燃经年已久的爱恋

鱼，什么风让两颗麻木的心相拥而泣
什么火让一个夜晚照彻我们的一生

7

遥望烟雨中你的倩影
期许我们能够暗香浮动
我宁愿淋湿所有的知觉
倾听你在湖中嬉戏，水声清脆

什么让我们瞬间远离，午夜
泪水犹如惊散的鸟群
是我的双脚被时光抽离河流的心脏
迟疑呼吸的花朵已惊讶高悬

秋声催舟发，金塘水流乱
你终究起身，切碎一地光影
回首望君已隔岸
山高水远不能言

鱼，谁来解开时间的纽扣，任蝴蝶纷飞
谁能扫去尘世的风沙，让玫瑰鲜红

8

我们总是陷于距离的围困
采莲何所易，驻马何其难
水覆翠色莲心似苦，花开红颜寂寞如斯
谁能躲避悲欢离合的轮回

梦幻的廊桥穿过时间的河流
以电光的速度落入迷城
远去的身影，骤然卡在视觉的缝隙
让抒情变得茫然而虚空

从欲望的高空无法抵达灵魂的低处
极致的渴望不堪重负尘世的痛楚
青山隐隐水迢迢
蒹葭苍苍雾茫茫

鱼，思念是一根根细细的丝线
将你我缠绕勒痛，心头之血滴落天阶

9

一句话怎能表达隐忍的忧伤
一首诗如何承载疼痛的重量
倾诉是一种无法温暖的苍凉
唯有怀念才可生动它失缺已久的颤抖

纯美的文字难以弥合岁月的裂痕
一生中能够在水中相爱就足够了
流水不会带走光芒
那些逝去的旋律，会在我们心中无声地歌唱

如果可能，就让我们再次琴瑟和鸣
让所有与我们有关的旧物恢复原形
让我的枝叶重新深入泥土回到前尘
留下你永恒的眷恋，流动我彻夜的无眠

鱼，这样我将在浮萍里活着，不曾老去
而你每年都会回来，染就无边的春色

第三辑

时间之伤

能共牡丹争幾許
得人嫌處只緣多

庚子秋月
正英畫

火车

夜晚的行驶带来无边的空旷
咔嗒咔嗒，我听风声，听寂静
在旷野上奔跑，也听人声鼎沸

有人在车中突然相遇，喜极而泣
又很快分开，永不相见
有人急速下车，永不再来
有人不停打电话，将尘世灌满车厢

活着是一种负重和拖曳
世界在我们内心种植铁轨
向前，向前
流逝，流逝

对于越来越接近的终点
我不禁打了个寒战

写吧，继续

是什么让我久久停顿
在时间的针眼里
反复逡巡，无法穿越
回廊的风将窗帘一次次卷起
可是我什么也看不清
也失去了任何感知

心灵麻木锈蚀
我该用怎样的语词将它擦亮
又将如何跨越冰冷的险峰
在下坠前将自己重新救起

写吧，继续
一个诗人就是一把尖刀
在剖开世界前先剖开自己
在认清事物前先认清自己
在杀出一条诗歌的血路时
先将自己置于死地，而后
生

省略

你省略了该省略的一切
形式、过程和速度
只留下骨骼、火焰和刀锋
你切开我的冰冷
注入血液和激流
你省略了雷声
以闪电的方式抵达，暴雨倾盆
亲吻干渴，皲裂的嘴唇
你省略了燎原之势
用星星的光芒，一把锤一块铁
修补我中年的漏洞
堵住钻来钻去的风

削苹果

不要试图挽留下坠的花瓣

天空会越来越蓝

果实很快从树上长出来

到了秋天我们就坐在果树下

安静地吃果子，削果皮

削去浮尘与坚硬

露出细嫩与柔软的部分

我们不停地削啊削

削出这样和那样，可能与不可能

渐渐地，夕阳盖过了林梢

时间之伤

那时候，时间如浪尖上的白鸟

我们比翼齐飞，日夜相随

影子与身体重合、叠印，并成为身体

只要潮水拍岸，就会激起浪花千尺

后来闪电也变成了一只闷雷

我使劲地敲呀敲，敲不出一星

火花。黑夜如此寂静

寂静得能听到针尖落地的

脆响

门前的石头

不知从何时起，门前多了一块石头
光洁浑圆，仿佛从星空滚落下的泪珠
无语悲伤，它长久地守望着我陪伴着我
看我忙碌奔波的身影一天天显现出
中年的轮廓。有很多次，我默默地
靠近它，抚摸它，却说不出一句话
我所说的甚至我所做的，它已尽收眼底
只是我还有那么多想说而没有说出口的话
还有那么多想做而没有付诸的行动
它又如何能够明白，能够洞悉

中年之诗

生命以其多变的年轮

向我表明，一切都是不确定的

有人醉卧湖边柳，有人即兴艳阳春

有人登上高楼只为看一场烟花

白色的水仙被放置在花坛上

已经很久，没有谁再赋予它高贵

一些水分散失，一些花叶卷曲

寥寥无声。爱抑或美

还未得到体悟和呵护

成为刻骨铭心的一部分

就已转瞬即逝成为记忆

亮光在它四周收缩闭合

而长夜漫漫，春日寂寂

风

那些风，穿行体内

没有声响，却一点点带走

水分、血液，甚至骨骼

有人弯腰曲背

有人手捧花朵哭泣

有人企图在奔跑中按住自己的影子

没有人在意空中飘浮的粉尘沙粒

一次次落下

一次次将夕阳推向山后

并在不知不觉中将我们彻底带走

错觉

那一年，那一夏
我踏破贺兰山阙寻找你
没有找到你的踪迹，深夜两点
在去往嘉峪关的火车上
我听到车轮啃噬着铁轨咔嗒咔嗒地响
在卧铺车厢里，我一次次坐直身体
向外张望，外面黑漆漆一片
什么也看不到，只是强烈地感觉到
有一种东西正在啃噬着我的心
咔嗒咔嗒地响

沉沦

整个夏天，她哪儿也不去
坐在柳树下，看一面湖随风
荡漾。那些来来往往的船只
仿佛人生，仿佛记忆在她面前
演绎。偶有汽笛响起
分不清是启程还是凯旋
其实，这并不重要
对于一个心灵失去航向的迷惘者
她早已深陷沉沦，外来的指引
会将她导向更深的黑暗
只有忧伤，无止境的忧伤
才是她应有的方式，想要的方式

黄昏

夕阳越滚越远，眼看就要落进长河
一只雀鸟从树林间腾空而起
仿佛时光射出的箭矢
天空瞬间暗淡，夜色如潮涌来
黑暗发出回声

括号

它囿限你，从出生到死亡

从说话到做事，从行为到方式

如果你偏左就会碰壁，偏右就要撞墙

它，是笼子，也是天空

倘若你把它当牢笼就会愈挣不脱

如若你把它看作宽阔的湖就会游弋其中

它总是倾向那些善于掌握分寸的人

直到有一天，当你被它完全包围

就说明你有别于其他人，也意味着

你在某个方面的意义，已经终结

习惯

我渐渐习惯了在阳台上长时间发呆

习惯一只雀鸟从庭院飞向树林

习惯一树繁花在暴雨后零落成泥

习惯小南瓜一天天爬上矮墙

开花结果，果实硕大浑圆

直到深秋后，瓜熟蒂落，万物宁息

可我就是不习惯那只用旧的铁皮桶

滚到我面前，不发出一点儿声响

秋声

这是什么声音
窸窸窣窣，钗钗铮铮
忽儿低沉，忽儿激越
将我从午夜的梦中惊醒
是秋天的手指
翻动大地的书页
让我在一个梦或者一首诗里
停顿。遇见你遇见秋天
满树的果实如痴如醉
在风中飘动

镜子

站在镜子前
看到我自己
伸手去摸，嘴唇、鼻子、眼
她也伸手摸我，嘴唇、鼻子、眼
我与我的影子在这一刻相遇
迸发出激流、闪电、雷霆
在自身中沉坠，所有的都是确切的
很快我向后退去，她也向后退去
我们重又审慎地打量着对方
阻隔而陌生，空幻而虚无
生命从不属于我们，也不属于任何人
生命是他物，永远在最远的地方

秋雨

秋风骤起，卷起云朵，卷起天空
卷起飞鸟的翅膀、桂花的清香
秋天在逼近，逼近脚步，逼近衣袖，逼近领口
直到将我揪住，成串的雨水落下来

雨是天空的诉说，万物都在倾听……
叮叮咚咚，晶莹的雨珠在草尖上跳舞
弹响秋天的节奏，千里之水成音
水面上漂过你的身影
一滴泪水积聚成一场滂沱大雨
雨水淋漓，我两眼潮湿，分不清
诗歌与生活，到底哪个更真实
让雨水背负血水只能是一种渴念
一个孤独的人，又能在雨水中行走多远

静坐雨中，我等待一种心情、一种感觉
一场从天而降的雨点燃了火焰又熄灭于冰凉的雨
一道闪电剖开命运的界面又隐没于一滴水
雨水打败了桂花，打败了秋天

打败了冥思中，我的寂静

奔赴

大雪说下就下
千万朵雪花蜂拥而至
撞碎在车玻璃窗上
细密的雨点滑落下来
生活中，总有美好
蜂拥而来又呼啸而去
人生就是一场奔赴

奔向你，与你相遇
雪花铺在地上，如睡去般邈远

顿号

在我委屈的时候，忧伤的时候
你站在我面前，手足无措，欲言又止
你说什么或者不说什么，我都会明白
从一个城市辗转到另一个城市
从一种生活过渡到另一种生活
我们共同经历，共同见证，也共同面对
人生至此，我们的华发又增添了几根
你不要再担忧我，也不用再安慰我
那些心形吊坠，碧绿的翡翠，金黄的蜜蜡
早已与我密不可分，并成为我身体的一部分
它们依偎着我就像我依偎着你
这一生就这样了，与你长相厮守
想哭的时候就放声大哭
让眼泪与眼泪，泡在一起

内心的声音

我总是很少说话

即使起风了也是树枝在摇晃

轻轻地，不发出声响

即使有声响，也不是树的声音

而是鸟的声音，或者鸟替树发出的声音

林子大了，什么声音都有

你无法辨识最真实的表达

我的内心灌满了涛声

只为你一个人鸣响

而你未必能够听到

所以我常常保持沉默

如果一个人足够强大

就会将内心的孤独吹响

这个秋天我不写诗

这个秋天我不写诗

我把诗种进梦里

感受到某种遥远的东西

早已潜伏在胸腔的弧线里

如火苗在黑暗里不安地跳动

一个人的孤独与激情如此穿透

让所有投射而来的目光弯曲变形

在岁月的大床上我依旧酣睡

无限沉默，无限安静

那些诡异的文字像音符

从我梦幻的琴键上轻轻滑落

失忆

记忆像云朵

大片大片越过秋天的山冈

坐在初冬的暖阳下

无法鲜明真切地记住

一片云朵的轮廓

只有寂静碰撞寂静的声音

落进空谷

提前立冬

我知你已吹起冬天的长风
我知你已扫去唐朝的黄叶
我知你已将一场大雪覆盖京城
我知你拥有的孤寂胜过一切喧嚣
我知记忆存留的只是沙滩上些许爪痕

翻阅

我翻阅你

翻阅一本诗集

叙述已到结尾，故事变冷

一个人越走越远，走到时光深处

就会坐下来，坐在诗歌的台阶上

哭泣

时间

听一只蝉

在树上鸣叫

直到大雪封门

消逝

云朵飘过
九月的空气
时光是另一种
已经跑掉的东西

伤痕

曾经有那么一刻
我看着你久久说不出话
以炽热的目光静静凝视
快乐犹存蓝色的一瞬
之后是秋天，之后是红枫叶
之后白雪封堵了道路
灰鸽子在天空幽暗地盘旋
思念使漫长的春天沉默不语
甚至还经历了无数孤独的夏天
熟谷粒在田野里簌簌作响
岁月的黄金已经流尽了
夕阳的半边唇，宛若伤痕

堆石头

整个白天和黑夜

我为一件事

在脑子里堆石头

我把石头堆起又推倒

推倒又堆起

这些粗糙的不规则的石头

被我以这样的方式

磨得光洁如玉

写月亮的人都去了哪里

一千年后
那轮月亮还挂在天空
张若虚的月亮从海上升起
李白的月亮在诗中发光
苏轼的月亮映在爱人心上
可写月亮的人都去了哪里

中秋之夜

在这宁静的中秋之夜

月亮从群山后面升起

漫步在乡间小路上

两团野火越来越近

不要探究

是你点燃了我

还是我点燃了你

火苗到处游动

我的身影被你的光芒淹没

如此频繁地着火

不断地融合渗透

不是爱的缠绵

而是美的震撼

将我囚禁在这涌动的世界中

凋敝，是时间的暗箱操作

万物先于我们凋敝？

不，首先是花朵

它一年四季都在坠落

初见时触目惊心

渐渐就会习以为常

以至于彻底被忽略

其次是那盆滴水观音

在我办公室肆意生长

叶片茂盛如伞盖

它根系发达，繁殖力超强

不知不觉中

就被蜂拥而上的小滴水观音

所挤对，所占据，所取代

从繁盛到凋敝只在分秒之间

清晨起来，我揽镜自照

一根白发突兀横出

凋敝，是时间的暗箱操作

常常让我们无语失声

风吹花落

风吹花落
我耽留于尘世的光芒
又矮了一截

风吹花落
又一个时间之季
敲响大地

风吹花落
时光的灰烬
如壳滑脱

我的手握满阳光

晨光熹微

走在林荫小道上

空气干净清冽

我贪婪地品尝着

大自然的清甜

浑身轻快舒爽

太阳从遥远的地平线

冉冉升起

我的手握满阳光

我向你走去

风摇动着树叶

一刻也不停歇

第四辑

雕刻孤独

隐藏

我想对你说的话
已深埋，深到
黑暗无法照彻的
黄金

墓志铭

这里躺着
一根火柴梗，躯体
早已被诗歌与爱情烧黑

等

天黑了
我等的人还没有来
只有细雨敲窗
眼看就要把窗户
击穿

520

我爱你

一个孤独的词、绝望的词

如同绝症，植入体内，无法掌控

即便锐利的刀锋将肉体反复切割

它依然死死地缠绕我，占有我

并且生机盎然，如野草般蔓延

仿佛一个梦长久地统治着黑夜

仿佛一滴雨，落下来

让一个人与另一个人

瞬间相遇。在静止的时间里

谛听永恒的低语。

我爱你

这个孤独的词、绝望的词

疼痛而锐利。说出来

需要一生一世

泪

我要把余生的泪

一滴一滴写进诗里

将人世间的心酸痛楚全部倾吐

让那些想流而流不尽的泪

都能在诗里得到哭诉

我要把今生给不了你的眼泪

还给生命，或者全部铸进诗里

确保在纸上流淌的

都是雨，都是血，都是泪

假使有一天我永远离去

那用眼泪雕刻的诗句

也要晶莹剔透

孤独

入夜，重门深锁
只留一条缝隙供我呼吸
所有通向你的路径都被折断
我愿就此遗世独立
成为一座孤岛
不被淹没

写意

他随意洒落的几点墨
在她纸上已洇成一幅画
一帧瘦金体，几枝枯竹横斜
人到中年，心事未老
她登上高处，紧握画笔
谁将与纯蓝色的锋尖邂逅
相遇成醉，荡漾一片
沧海

画树

我坐下来
我看树
看见各种各样的树
它们孤独、静默
立于天地间
与自己的影子相伴
我画它们，不停地画
与内心的风景
默然相守

画作

整个假期她哪里也不去
独自在斗室里画画
她画下山画下水
画下树画下云朵
有些画来不及画出
就已湮灭。时光漫漶
当它被燃烧成灰烬
才会显示骨骼的形状

去海边

七月我们去海边吧
穿过无人的海滩
一起游向大海深处
海水像是打翻的蓝
浪花飞卷，没有边界
所有的爱都是光线
在太阳和风里
发出走动和搬运的声响

倾诉

直到许多年后
我才只身一人来到海边
将经年的忧伤
一股脑儿倒出
有些事物积存于内心
会让灵魂变得弯曲
蓝色的大海将我拥抱
我的心像一只白鸥
滑行在碧波万顷的海面上

一所房子

我想有一所房子

远离繁华闹市

竹林掩映

房子无须太大

只要放得下我的诗书画

放得下我 1.2 千克的灵魂

能够与神灵展开

轻轻对话

一个人一座城

一个人一座城
你一出现
我就沦陷

渴望下雪

每个人都渴望下雪

雪花从天空飘飘而下

它所穿越的路途

是我们无法抵达的寂静

它在飞翔中释放着完美

是我们伸手就会领受的恩赐

但这些并不重要，重要的是

一些事物需要掩埋覆盖

一些道路需要重新开启

画面

来到陌生的岛屿
岛上空无一人
只有风绕着我
身前身后地吹
远处有栗果兀自落地
一只鸟儿贴地走过来
以为我是她的同类
"咕咕咕"地欢呼

藍城桃李舊風
辛巳夏正英畫

面包

面包的味道
熏香了我的童年
自此我一直寻找面包
也曾煨烤适合你的面包
事实上，我不是吗哪
也不是你的救命面包
只是自己拯救自己的面包
它满足我的口味
却并不符合你的意愿
尝起来像是慰藉
又像是充满了危机
常常守着烤箱烤炉
面包是我们的一切
而又将我们推向
不确定的边缘

坛子

我常常想
史蒂文斯的坛子
置于田纳西山顶
浑圆而高大，统领万物
灌满星星和风
却不曾释放飞鸟或树丛
其实，我也想拥有一个坛子
置于灵魂的高处
拒绝尘埃和雨水
盛放诗歌的光芒与孤独

写作的力量

——读辛波斯卡《写作的喜悦》

河边饮水的母鹿

突然抬起了头

你是否意识到

我饱蘸墨水的笔

落在纸上的沙沙声

充满了杀气腾腾

是啊，在生活中

我们往往受制于人

而在写作中

是否可以随心所欲

在笔尖下终止一场战争

当我在稿纸的这一端

写下"啪啪啪"的拟声词

在河边饮水的母鹿

你千万不要惊慌失措

应声而倒

就在子弹冲出枪膛的最后一秒

我以绝对的符号捆住了时间

白纸黑字，统领世界

在诗的神殿，我独居如新娘

爱上诗

就如爱上你

在这至高无上的爱里

我承受着诗的激情与丰盈

诗人之梦就是生命

造化无穷

只有在诗的神殿

我才会独居如新娘

将时间的杯盏

装满喜悦

诗的焰火总是催促我

日夜兼程

划动文字的溪流

去我所想去的地方

蓝

喜欢蓝

蓝色的花朵、瓷器

天空和海洋

喜欢蓝

成为她的信仰和宗教

甚或一种仪式和容器

无论处于何时何境

她都要掏出干净的蓝手绢

将心灵反复擦拭

直到通体透亮

盛放蓝色的诗歌

和爱情

另一种生活

另一种生活
正在我的笔下
渐趋完美
一只受伤的鸟儿
梳了梳羽毛
我用画笔去供养
她心中复萌的希望
很快，她就凌空
飞了起来

迷失

我梦见，跟随我的月亮
消失了
在晦暗的星群下
一群羊拥挤在
寂静的废墟中
饥饿又寒冷
不知所往

内质

多年以来
生活的修辞学
将我的棱角
磨得越来越平
与此同时
另一枚诗意的小虎牙
在齿缝间潜滋暗长
我有多愤世
它就有多锐利
将呼啸而来的钉子
反复咀嚼
反复吞咽

夏日

记得那年夏天
我们对着延河溪畔
有一搭没一搭说着话
微风吹过肌肤
有一种沁凉入骨的美
你抬起眼睛望向我
幽蓝深邃，波光潋滟
我好像被整个河水
拥进了怀里

断章

◎ ◎

小花开在陡崖
将整座山
在风中摇动

◎ ◎

窗帘
在微风中抖动
心事忽明忽暗

◎ ◎

我站在海边
消磨着风
阳光悬在空中
消磨着时间

◎◎

尘世如隙

有人喜欢在喧嚣中沉坠

有人喜欢在喧嚣中兀立

◎◎

瓶中鲜花

已把春天说完

我对你的思念

隐而不发

◎◎

这个夜晚

我像盲目的指针

挪向黎明

寂静

那一晚从梦中醒来
月光倾泻
包裹着她忧伤的躯体
只有夏风
轻轻翻动树叶
翻动着暗寂的廊檐

远游

这时夜幕降临了

我拉上窗帘

不想向外多看一眼

也不愿再与外人有任何联系

我抱紧身体审视自己

默默抚平内心产生的褶皱

我在画桌前坐了下来

铺开一张干净雪白的宣纸

拿起笔，画下山脉、树木和沟壑

画下从山谷奔涌而出的溪流

溪水清且涟漪，一叶孤舟独自横

我荡起船桨，随着哗啦啦的水声

划向远方

落木萧萧

秋日渐深

我的笔在纸上徘徊

犹豫着写下你的名字

落木萧萧

覆盖了以血相抵的

爱情

爱情是一片影子

你的夜舞

在这空旷的静谧之地

正一点点失色和变形

像一只失水过多的乏味的鱼

如何被风之手轻轻抹去

大海正击碎我的幻梦

是什么迫使我

走上山崖

望尽沧桑

爱情是一片影子

飞鸿过处

激起一股薄薄的风

只有孤悬的月亮

照亮一颗孤独的心

宣纸上的爱情

饱蘸墨水的笔尖

一次次掠过你的心空

尽享书写的欢愉

多年里，独自与你共享时光

用笔叩问你，启迪你

渴望在这里，时间有些许停顿

让我慢慢爱上你

用纯粹的相知赋予你生命

你就是我左奔右突的边疆

因为你，我愿意松开整个世界

爱你或者被你所奴役

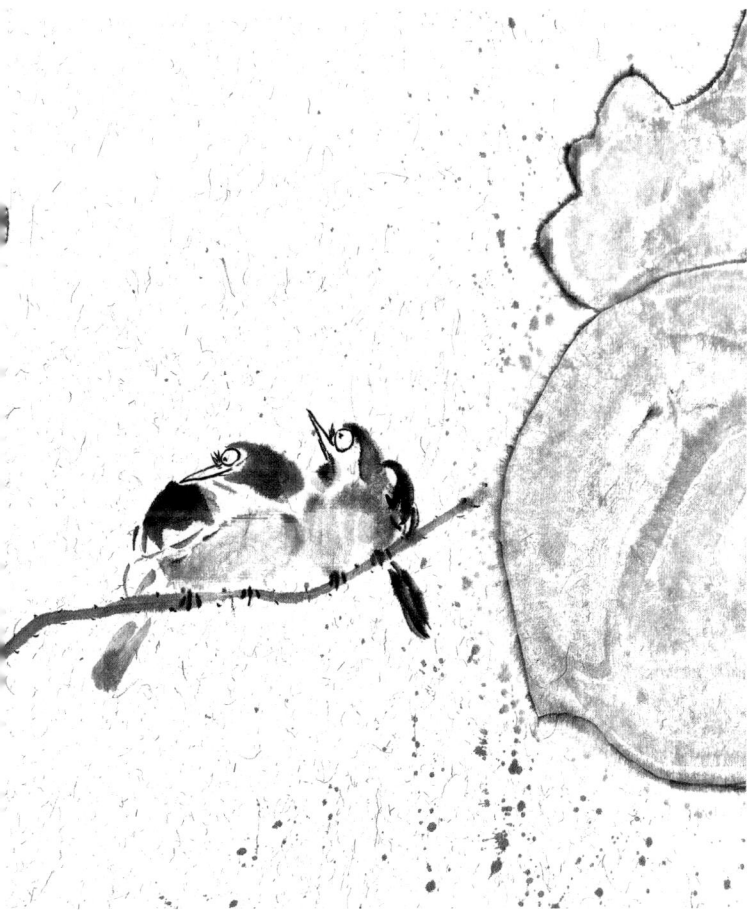

梨花

那时候的春天
是梨花白的春天
你从高原寄来两朵
带着粉红的香气
隽秀洒脱的字里行间
印满热吻
信件在我手上发烫
我的心提前进入了夏天

那时候的爱情啊
单纯得像一朵梨花
除了白还是白
除了爱还是爱

孤独如雪

有没有一种驻颜术

让美好永不褪色

你站在镜子前

暗自思忖

春天的绿浪翻滚涌来

你内心的风景

充满风声与荒凉

从未有一朵花

真正属于自己

你转身离去

孤独如雪

短章

这个夜晚何其美啊
我的笔尖游走在白色的宣纸上
沙沙作响
心高高地飞了起来
带着雪花一样的翅膀
越过墨香四溢的原野与河流

夜行

在夜光的辉映下
我们默默前行
把想说的话
都摁进心里面
它们像一团火
静静地燃烧又熄灭

绘画记

午后的阳光洒满画室

宣纸、歙砚、青瓷笔洗

画面随着心事缓缓展开

一时精雕细琢，同归于寂

保持纯粹的质地

一时挥毫泼墨，落叶纷披

犹如阵雨般的光芒紧簇

你的孤独认出我的孤独

我于沉静中，抒发隐秘的激情

一天的时光很短

却足够苍润深邃

慢慢享用

雪

你走了
我又开始画画
窗外，雪落无声
将我笔下的晦暗
一点点洗亮

我用灵魂供养着爱

很长时间以来

我保持内心世界的真空

既无云雾缭绕，也无光芒灼照

我用灵魂供养着爱

让它高贵脱俗，心无旁骛

只接受高山流水的洗涤

不愿意倾听虫子的低吟

这让我常常能够看到

太阳浮在海面上

鲜花盛开在路两边

白鹭

当我出现时

白鹭就已经站在湖边

它并不与我共享这一片翠色

而是兀自轻轻扇动白色翅膀

它身后的群山也被泛出白色波浪

甚至湖水甚至天空和我的心灵

随着它不停扇动的身躯

而微微发白

蒙上圣洁的光芒

缺席

在冬天有太阳的地方就是灿烂
灿烂的阳光照耀着一幅未完成的画
画面上蓝房子足够完美
峰峦高耸入云堪称奇秀
坡脚水岸留下你涂改的笔迹
和未完成的缺口
你的缺席让这个缺口显得越来越大
仿佛大雨天盖过了大晴天

回应

正义、良知、尊严……
今夜我郑重地写下
这些语词
它们玉骨冰心，闪闪发光
不容蒙尘，不许玷污
像万千月亮
映照在纸上
心里和人世间
等待你的
回应与践行

爱情十四行

灼热的夏季已经过去

不得不承认

是我把伸向爱情的云梯

一截一截取缔

我捡拾秋天的第一枚落叶

只因它还存有你的体温与记忆

晚安，快去睡吧，不要再说了

那个春天的美堪比远去的半个世纪

今夜就让我的泪水漫过

开满桃花的长波堤

我颤抖着嘴唇哆嗦着双手

将涂抹在纸上的信鸽

一只只放飞，飞往时间的深处

最美的爱情就是只有渴望不曾拥有

雕刻孤独

后来我不再纠结于

既成的事实

孤灯只影下

我磨砚展笺

雕刻孤独

那细碎的花瓣

一片一片掉落

汇聚成溪

它温暖我

浇灌我

也荡涤我

月色寂寥

倒影水中

我能够看到

清亮亮的光芒

画中

生命中那束光
在春天的某个下午
突然照耀在我面前
铺开的宣纸上
画面徐徐浮动
你的脸颊
俊俏而温润
我用玲珑小狼毫
勾出你细细的眉

在一幅画中停顿

大雪过后
只留下几个轻浅脚印
还有原野上耸立的一棵枯树
是不是要画一只鸟儿
像人生，在命运中挣扎和扑腾
不，不能画
有些画面，只适合在深夜
默默涂抹

迷路

我确信

我被这万亩桃花

迷了眼，恍了神

以至于只闻桃花香

未摘得桃花果

其实，只要假以时日

并具有足够的耐心

我就不会这样浅尝辄止

桃花也就不会只盛开在

被反复的描述中

一个人的圣湖——纳木措

午后的阳光直射下来
这一刻，你静若处子
纳木措，面对你
我只能俯身，只想哭泣

纳木措，你是蓝色的
你的天空是蓝色的
你的心思也是蓝色的
纳木措，请你告诉我，为什么
我体内的铁与盐开始消融
我体内的尘与灰开始下沉

纳木措
我知道你是圣湖
我知道我非圣人
纳木措
我来时你能照出我的沉重
我走时你能映现我的无形吗

夜读李清照

偏居钱塘江边
我听到你低低哭泣
从一首忧伤的宋词中
欠起身

乡愁
被雨声和芭蕉叶连根卷起
寻寻觅觅
望断天涯

一千年后我依旧与你擦肩而过

——致李白

一千年前

你曾在此一醉几成诗

"长安市上酒家眠

天子呼来不上船"

举杯只邀明月

如今大明宫风光依旧

可白莲池早已藕花落尽

高楼林立，灯红酒绿

却不见朱雀大街那一弯上翘的檐角

纵使一千年后

我依旧与你

擦肩而过

在离骚江畔与你相遇

——致屈原

直到两千年后

我才从长江最下游

坐上慢悠悠的火车，溯游而上

在离骚江畔与你相遇

这就是你生前的流放地

用泪水反复丈量过的土地

你既爱又恨的故乡

中国诗歌的源头

蓝墨水的上游

世人皆浊，唯你独清

你身患洁癖，身陷洁白

用一身傲骨将自己一洗再洗

从红中提取蓝

从水中炼出火

你想用一个人的血洗净整条江河

你想用一个人的清洗净整个国家

可是，屈子啊

你怎么就不知道

自古以来

清者自清，浊者自浊

只有心怀信仰的人

才会蘸着你骨血里的蓝墨水

反复清洗自己的笔管保持蓝色保持纯净

如今又是五月

我在离骚江畔与你相遇

我无法向你一语道尽

这尘世的清和浊、黑与白

所以，粽香扑面而来，菖蒲叶落满地

所以，我在你面前长跪不起

图书在版编目（CIP）数据

风从长安来 / 米正英著. -- 武汉 ：长江文艺出版
社，2024. 12. -- ISBN 978-7-5702-3911-5

Ⅰ. I227

中国国家版本馆 CIP 数据核字第 20249Y9V20 号

风从长安来

FENG CONG CHANGAN LAI

责任编辑：胡　璇　　　　　　　　责任校对：程华清
封面设计：源画设计　　　　　　　责任印制：邱　莉　王光兴

出版：长江出版传媒　长江文艺出版社
地址：武汉市雄楚大街 268 号　　　邮编：430070
发行：长江文艺出版社
http://www.cjlap.com
印刷：湖北新华印务有限公司

开本：880 毫米×1230 毫米　　1/32　　印张：6.875
版次：2024 年 12 月第 1 版　　　2024 年 12 月第 1 次印刷
行数：2354 行

定价：52.00 元